To. 여행하듯 오늘을 살아가는

_____에게

이 책을 드립니다.

From. _____

미키 마우스,
오늘부터 멋진 인생이
시작될 거야

작은
용기가 필요한
당신에게

미키 마우스,
오늘부터 멋진 인생이
시작될 거야

미키 마우스
원작

알에이치코리아

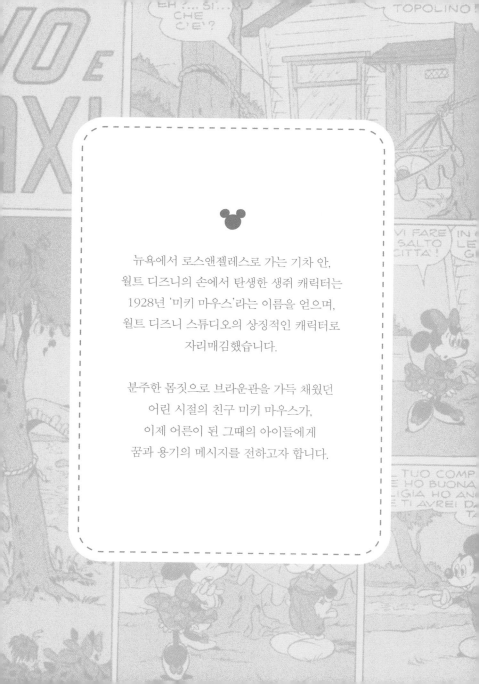

뉴욕에서 로스앤젤레스로 가는 기차 안,
월트 디즈니의 손에서 탄생한 생쥐 캐릭터는
1928년 '미키 마우스'라는 이름을 얻으며,
월트 디즈니 스튜디오의 상징적인 캐릭터로
자리매김했습니다.

분주한 몸짓으로 브라운관을 가득 채웠던
어린 시절의 친구 미키 마우스가,
이제 어른이 된 그때의 아이들에게
꿈과 용기의 메시지를 전하고자 합니다.

네가 너 자신을 좋아할수록,
넌 더욱 다른 이들과 같지 않아질 거야.

그건 널 더 특별하게 만들어준단다.

끝까지 포기하지 않을 용기만 있다면

내가 어떤 사람인지 무엇을 할 때 행복한지 알고 싶나요? 그럼 지금 있는 곳을 벗어나 새로운 곳에 가보는 것이 도움이 될 거예요. 낯선 곳에서 예상치 못한 인연을 만나듯 그곳에서 우리는 또 다른 나의 모습을 만나기도 하니까요. 그것은 때로 우리가 바라왔던 모습으로, 때로는 전혀 생각하지 못했던 모습으로 나타납니다.

여기에 휘파람을 흥얼거리며 언제까지고 삶을 향한 긴 여행을 이어갈 것 같은 추억의 친구가 있습니다. 바로 월트 디즈니의 가장 오래된 캐릭터이자 사랑받는 이야기꾼, 미키 마우스입니다. 휘파람을 불며 춤추듯이 들썩이는 발, 정신없이 브라운관을 누비는 모습은 미키 마우스의 상징이나 마찬가지입니다. 그리고 또 한 가지,

"내 모든 것이 꿈과 생쥐 한 마리로 시작되었습니다."

월트 디즈니의 말처럼 그의 꿈과 희망 그리고 행복의 염원이 담긴 캐릭터가 미키 마우스입니다. 새로운 것을 좋아하고, 여행을 즐기는 그런 미키 마우스의 모습은 여유가 넘치는 다른 디즈니의 캐릭터에 비해 다소 부산스러워 보이기도 합니다. 그러나 그런 모습을 통해 미키 마우스가 말하고자 하는 것은 하나입니다.

새로운 상황에서의 새로운 선택을 통해 내가 누구인지, 내가 무엇을 할 수 있는 사람인지를 깨닫게 된다는 것입니다. 그리고 그 길은 디즈니의 모든 캐릭터가 그러하듯 '행복'이라는 주제에 맞닿아 있습니다.

월트 디즈니 또한 수많은 도전과 실패를 통해 자신이 할 수 있는 것을 찾아냈습니다. 그 결과, 우리에게 수많은 명작들을 남겼지요. 어떤 상황에서도 밝은 미소와 유머 감각을 잃지 않는 미키 마우스는 이후 디즈니와 함께 성장하여 전 세계에서 가장 사랑받는 캐릭터가 되었습니다.

사람은 나 자신을 알면 비로소 자유로워질 수 있습니다. 그것은 수많은 선택의 과정을 통해 찾아가는 것이죠. 자신의 삶을 즐기며 멋진 인생을 살아가는 미키 마우스처럼 자유롭고 긍정적으로 사는 법을 이 책에서 찾아보세요. 매 장마다 미키 마우스가 당신의 한 걸음 한 걸음에 용기를 불어넣어 줄 거예요.

미키 마우스와 친구들

미키 마우스

어떤 일이든 척척 해내는
밝고 유쾌한 성격의 주인공.

미니 마우스

사랑스러운 외모에
예쁜 것을 좋아하는
미키 마우스의 여자친구.

도널드 덕

성질이 급하지만
귀여운 면이 있는
장난꾸러기 오리 친구.

데이지 덕

아름다운 외모에
노래 부르는 것을 좋아하는
도널드 덕의 여자친구.

구피

서투른 면이 있지만
개성 넘치는 미키 마우스와
도널드 덕의 친구.

플루토

언제나 미키 마우스와 함께 하는
충성스러운 애완동물.

Oh Hello

1

나답게 산다는 것은 뭘까

Contents

Smile

2 작은 용기와 내게 가장 솔직한 선택

Best friends

3

멋진 인생은 지금부터 시작이야

play

Bye!

1

Mickey Mouse

나답게
산다는 것은
뭘까

기쁨은 나의 삶 속에 흐르고 있어요

▶◀

삶은 원래 즐거움과 기쁨 속에 흐르고 있어요. 그러
나 살다 보면 타인의 삶에 허무함이라는 독을 던지려
는 이들이 있습니다. 이미 독에 물들어 삶의 기쁨을
느끼지 못하는 사람들이지요. 그들의 말을 듣고 쉽게
포기하거나 절망하지 마세요. 포기하지 않는 한 행복
은 늘 우리의 곁에 있을 거예요.

더 나은 사람이 되고 싶다는 마음은 인간의 본성입니다. 하지만 타고난 것도 잘 단련하지 않으면 무뎌지고 잊히기 마련입니다. 지금보다 나은 내가 되고 싶다는 생각을 머릿속으로만 떠올리지 말고, 구체적으로 한 가지라도 실천해보세요. 아주 사소한 것이라도 괜찮아요. 내가 바라는 나의 모습을 향해 한 걸음 나아갈 수 있을 거예요.

지금보다 나은 내가 되고 싶다는 마음

수많은 가짜들 속에서
진짜 나를 찾으려면

▰◣

지금까지 스스로를 너무 모르고 있었던 것은 아닌지 곰
곰이 생각해보세요. 돈이나 그럴듯한 직업 혹은 꿈이나
내가 원한다고 생각했던 것들, 그런 것들이 정말 나에게
중요하고 소중한지 스스로에게 물어본 적 있나요? 혹시
주변의 누군가가 그것들이 당신에게 필요하다고 대신 말
해준 것은 아닌가요? 만일 그동안 믿어왔던 행복의 조건
들이 사실은 내 것이 아니었다는 생각이 든다면, 이번에
는 내가 생각하는 행복의 조건들이 무엇인지 고민해보세
요. 그것이 진짜 나를 발견하는 첫 걸음이 될 거예요.

인생이라는 레이스에서
결승선에 도착한 사람은 없어요

▶◀

인생은 울퉁불퉁한 길을 천천히 걸어나가는 끝없는 레이스에요.
아직 목표 지점에 도착한 사람은 없어요. 그저 지금보다 더 앞으로
나아가길 꿈꾸며 묵묵히 걸을 뿐이죠. 때로는 진창에 빠져 흙탕물
을 뒤집어쓰기도, 때로는 돌부리에 걸려 넘어지기도 할 거예요. 하
지만 그것이 당신의 실패를 말하는 것은 아니에요. 당장 눈앞의 작
은 목표를 이루지 못했다고 속상해하기에 인생이라는 여행은 너무
길고, 당신 앞에는 무수히 많은 길들이 이어져 있으니까요.

인생의 무대에 서려면
준비가 필요해요

삶은 나에게 기쁨과 행복을 느낄 수 있는 무대를 준비해두었습니다. 그 무대 위에서 내가 어떤 모습이길 원하나요? 무대에 오르기 전 충분한 연습이 필요한 것처럼, 내가 무엇을 원하고 할 수 있는지 끊임없이 묻고 답해보세요. 삶이 주는 기쁨을 음미하려면 그만큼의 충분한 고민과 노력이 필요하답니다.

부족함을 느낀다면
나의 선택에 집중해요

▰

누구에게나 단점이 있어요. 그것이 큰 흠은 아닙니
다. 다만 스스로 추구하는 목표가 높기에 현재의 모
습에 만족하지 못하는 것뿐이죠. 사실 나의 단점을
안다는 것은 그것을 바로잡을 기회가 아직 있다는 뜻
이기도 합니다.
단, 나에 대한 판단이 나의 생각인지 혹시 타인의 생
각은 아닌지 확인해보세요. 때로는 친절한 타인의 조
언이 의도와는 다르게 엉뚱한 길로 나를 안내하기도
하니까요. 나를 가장 잘 아는 것은 나 자신이랍니다.
나만의 선택이 필요한 이유에요.

소중한 것 하나가
나를 붙드는 힘이 돼요

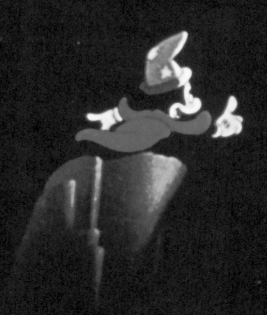

가장 중요한 것 하나가 무엇인지 생각해보세요. 그리고 그것을 단단히 붙드세요. 세상의 목소리가 아닌 나를 붙들어줄 가장 중요한 가치가 무엇인지 찾는 것은 중요해요. 이리저리 헤매지 않고 하나의 길을 향해 나아가는 삶에는 강한 힘이 있으니까요. 단, 중요한 가치가 너무 많아지면 그 가치에 반하는 대상들도 늘어나기 마련이니 너무 많은 것을 한번에 받아들이지 말고 하나부터 시작해보세요.

진정 강인한 사람은
자신감을 잃지 않아요

>-<

살다 보면 운이 좋아서 내 능력 이상으로 성공을 거둘 때가 있어요. 그럴 때 많은 사람들이 운을 자신의 능력으로 여기고 우쭐해집니다. 운이 다하면 상황이 달라질 수도 있다는 것을 아는 사람이라면, 그런 상황일수록 조심스럽게 행동할 거예요. 이런 사람은 자기 능력을 기준으로 생각하기 때문에 어떤 시련 앞에서도 자신감을 잃지 않아요. 이런 이가 진정 강인한 사람입니다.

앞으로 나아간 사람만이
인생의 단맛을 느낄 수 있어요

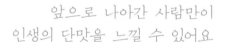

지금의 나를 넘어 앞으로 나아가기 위해서는 많은
노력이 필요해요. 옳다고 믿어왔던 것을 버려야 할
때도 있고, 가본 적 없는 길은 혼자 헤쳐나가야 할
때도 있죠. 삶의 기쁨은 그 너머에 있어요. 오랜 갈
증 뒤에 느끼는 청량함처럼 인생의 단맛은 멈추지
않고 앞으로 나아간 사람들만 느낄 수 있는 것이죠.
다가올 시련을 향해 등을 돌리는 것이 얼핏 자신을
지키려는 것으로 보이지만, 그 너머에 있는 행복으
로부터 멀어지고 있는 걸지도 몰라요.

행복의 모습은 스스로 정하는 거예요

다른 사람이 말하는 행복의 방법을 그대로 받아들이지 말아요. 타인이 정한 행복의 길이나 세상 사람들의 목소리만 따라가다 보면 그 길 위에서 나를 잃을 수도 있어요. 나를 잃으면 어떤 것에도 감동하지 못하고 무의미한 걸음을 반복할 뿐이에요. 무엇을 하고 싶은지, 어디로 가고 싶은지 다시 한 번 생각해보세요. 답은 내 안에 있어요.

다른 사람과
같은 선택을 할 필요는 없어요

⋈

어떤 선택을 하든지 다른 사람의 시선이나 기준에 맞
추려 하지 마세요. 모든 것을 타인의 기준에 맞추다 보
면 나의 모습은 사라질 거예요. 타인의 눈이 아닌 나만
의 시선으로 보아야 자기 자신으로 살아갈 수 있어요.

우리의 삶에는
진정한 친구가 필요해요

➤◄

진정한 친구란 마냥 편하고 무조건 내 말을 들어주
는 사람이 아니에요. 세상의 말이 아닌 스스로 판단
을 내릴 줄 아는 사람, 그런 생각을 스스럼없이 나누
며 서로의 발전을 응원하는 사람, 그런 사람이 진정
한 친구랍니다.

삶에 대한 의지만은
잃지 말아요

현명한 사람은 쓸데없는 것에 마음을 빼앗기지 않고
자신의 삶을 충실히 살아갑니다. 사실 그렇게 살기란
쉽지 않아요. 살다 보면 길을 헤맬 때도 있고, 자신감
을 잃을 때도 있으니까요. 그렇지만 적극적으로 살아
가겠다는 의지만은 잃지 마세요. 의지만 있다면 다시
한 번 시작할 기회도, 삶을 대하는 스스로의 모습에
만족하는 날도 분명 올 거예요.

시련을 극복한 사람은
더 강해져요

▶◀

지금 겪고 있는 시련으로 인해 마음이 힘든가요? 그 무의미한
고생 속에 나를 밀어 넣은 세상에 화가 나나요? 믿음을 가져
보세요. 시련을 극복한 경험은 인생에 대한 성취감과 자신감
을 가져다줄 거예요. 그 강인함이 나를 낡은 가치에 얽매이지
않는 자유로운 사람으로 만들어줄 거고요. 고난은 내면의 소
리에 귀 기울이게 만들고, 희망과 자신의 강인함을 발견하게
끔 해줍니다. 지금의 고난이 너무 힘들다면 시련을 극복한 사
람은 강하다는 사실을 기억하세요.

내 삶의 문제를 해결할 수 있는 것은
현실의 나뿐이에요

►◄

현실이 받아들이기 힘들 만큼 괴로울 때가 있어요.
그래도 현실을 부정하고 망상이라는 방패 뒤에 숨어
서는 안 돼요. 그건 나약한 마음이 만들어낸 허상에
불과하니까요. 가짜 세계로 도망쳐 숨는다 해도 그것
이 문제를 해결해주지는 않아요. 현실의 문제들을 해
결할 수 있는 것은 현실 세계의 나뿐이에요.

힘들 땐 내 감정에
집중해보세요

몸과 마음은 서로 연결되어 있어요. 몸과 마음이 별개라
고 생각하는 사람들도 있지만, 몸이 힘들 때 부정적인
감정을 더 자주, 강하게, 느끼게 마련입니다. 마음이 힘
들 때 몸과 마음의 소리를 함께 들어보세요. 스스로를
이해하고 자신의 감정을 온전히 알아가려는 태도가 힘
든 마음을 조금은 덜어갈 거예요.

인생을 즐기며 기꺼운 마음으로 여유 있게 살다 보면, 나에게 무엇이 좋고 나쁜지를 구별하는 눈이 생겨요. 소중히 여겨야 하는 것은 무엇인지 아는 동시에 불행을 불러올 일을 미리 예감하고 멀리할 수 있게 되지요.

말만 많고 늘 다른 사람의 뒤에 숨는 사람, 습관적으로 불평불만만 늘어놓는 사람, 타인을 믿지 않는 사람을 멀리할 수 있게 된답니다.

좋고 나쁨을 구별할 줄 알면
불행을 피할 수 있어요

당신에겐 끝까지 살아낼
힘이 있어요

▸◂

사는 것이 원래 괴로움과 고통의 연속이라는 말이 있습니다. 하지만 '괴롭다'는 말은 아껴두세요. 살아가면서 힘든 일이 많지만 누구에게나 끝까지 살아낼 힘이 있으니까요.

나를 절망으로 이끄는 속삭임이 아니라 오늘을 살아가는 나만의 목소리에 귀 기울이세요. 그렇게 살다 보면 오랜 시간 함께하면 서로를 이해하고 사랑하게 되는 것처럼, 내 삶을 온전히 받아들이고 사랑할 수 있게 될 거예요.

어쩔 수 없을 땐
한번 크게 웃어봐요

나비는 행복이 무엇인지 잘 아는 것처럼 가볍고 경쾌하게 춤춥니다. 당신은 어떤가요? 슬픔, 절망, 허무함이라는 감정으로 발걸음을 무겁게 만들고 있진 않나요? 큰일이 아니라면 춤을 추는 나비처럼 대수롭지 않다는 듯 가볍게 웃어넘겨보세요. 내 힘으로 어쩔수 없는 일도 있잖아요. 그런 일은 있는 그대로 인정하고 가벼운 마음으로 털어내세요. 때로는 웃음이 무거운 마음을 이기는 힘이 되어줘요.

62 × 63

하늘을 날고 싶다면
땅을 딛는 것부터 시작하세요

▶◀

나는 법을 배워 하늘 높이 날고 싶다면, 먼저 일어서서 견고
하게 땅을 딛는 법부터 배워야 해요. 목표를 세우고 의지를
품었다면 구체적인 계획을 세우고 차근차근 나아가세요. 처
음부터 무리해서 아등바등할 필요 없어요. 아무런 준비 없이
갑자기 높이 날아오를 수는 없으니까요. 처음에는 실패할 수
도 있지만 괜찮아요. 그런 실패들이 모여 목표를 향해 가는
디딤돌이 되어줄 겁니다.

힘든 일을 이겨내는
나만의 방법을 만들어요

▰

세상 사람의 수만큼 시련을 극복하고 자신의 벽을 넘는 방법도 많을 거예요. 누군가 좋은 결과를 얻은 방법이라도 나에게는 최선이 아닐 수 있어요. 나의 길, 그리고 시련을 이겨내는 방법은 스스로 발견해야 해요. 고민 없이 다른 이의 방식을 따라가는 사람은, 한 번은 잘 넘길 수 있을지 몰라도 다음에 또 그런 운이 따르리라는 법은 없으니까요.

내면 깊이 뿌리내린
자신을 믿어요

나무는 키가 클수록 더욱 쉽게 바람에 흔들리곤 합니다. 아무
리 세게 밀어도 꿈쩍하지 않는 나무도 바람이 불면 잎이 흔들
리고 가지가 휘어지기 마련입니다. 그래서 땅속 깊이 더 단단
히 뿌리내리죠. 사람도 마찬가지입니다. 시시때때로 눈에 보
이지 않는 욕망과 질투와 같은 부정적인 감정이 마음을 흔들
고 지나갑니다. 사람 역시 성장할수록 큰 시련을 겪고 그 과정
에서 자아는 더욱 단단하게 자리 잡습니다. 조금 흔들리더라
도 뿌리째 뽑히지 않기 위해서 말이에요. 괴로울 때는 그저 이
바람이 지나가기를 기다리세요. 그리고 내면 깊이 뿌리내린
자신을 믿으세요.

기쁨을 나누어주는 존재

친구는 슬픔이 아니라 기쁨을 나누는 관계입니다. 삶에서 얻은 기쁨을 나누고, 방황할 때 새로운 길을 알려주기도 하죠. 세상에 등을 돌리고 있을 때는 잊고 있던 일상의 기쁨을 일깨워주기도 합니다. 친구는 그렇게 어떤 상황이든 행복을 느끼게 해주는 존재랍니다.

어떤 순간에도
끝까지 놓지 말아야 할 것

세상에는 힘든 상황에서도 희망의 끈을 놓지 않고 살아가는 사람이 있는가 하면, 다른 이의 희망까지 빼앗으려는 사람도 있습니다. 다른 사람이 마음에 품고 있는 이상을 애써 깎아내리고, 세상의 불만만 가득 품고 살아가는 사람들이죠. 그런 사람들은 모든 일을 무의미하게 여기며 인생의 어떤 즐거움도 느끼지 못해요. 누가 뭐라든 희망은 스스로 놓아서도, 빼앗겨서도 안 되는 소중한 것이랍니다.

잠시 멈춰 삶을 돌아보아요

>◄►

아직 삶의 목적을 찾지 못했나요? 그래서 일이나 공부, 혹은 타인의 삶을 부러워하며 무작정 나아가고 있나요? 잠시 그 자리에 멈춰보세요. 원하는 것이 무엇인지 천천히 되돌아보세요. 오랫동안 정성껏 쌓아왔던 무언가가 사실은 내 것이 아니라는 사실을 뒤늦게 깨닫는 것이 두렵겠지만, 그대로 모른 채 외면하는 것은 멋진 내 인생에서 도망치는 일이 될 테니까요.

스스로 인정할 수 있는
라이벌을 만나세요

▶◀

내가 존경할 수 있는 상대, 그 사람과의 경쟁을 자랑
스럽게 생각할 수 있는 상대가 진정한 라이벌입니다.
그런 이와의 경쟁을 통해 나의 인생도 한 단계 성숙해
질 수 있을 거예요. 그런 사람을 당신 곁에 두세요.

오가는 말속에
그 사람의 진심이 담겨 있어요

▰

들기 좋은 달콤한 말만 나누는 관계를 진정한 친구 사
이라고 할 수 있을까요? 때로 서로에게 자극을 주고
함께 발전할 수 있는 존재가 좋은 친구입니다. 그런 사
이라면 의견을 나누며 충돌해도 마음은 한층 더 가까
워질 거예요.

최선의 선택은
내 마음의 목소리입니다

▶◀

세상에 좋고 나쁜 것이 분명한 일이 얼마나 있을까요? 사실
이러한 기준은 모두 인간이 만든 거예요. 세상에는 사람의 수
만큼이나 많은 가치관이 존재하고, 그만큼 같은 사물이나 상
황 혹은 사람에 대한 평가도 각자 다를 수 있어요. 그러니 어
떤 일이든 내면의 목소리에 따라 자신만의 판단을 하는 것이
최선의 선택이 될 거예요.

나만의 관점을
만드세요

우리는 자연스레 눈앞의 사람이나 사물을 세상에서 정해준 방식대로 이해하려고 합니다. 실제로 그것을 내가 어떻게 느꼈는지에 대한 과정은 건너뛰고 말이죠. 중요한 것은 수많은 사람들의 평가가 아니라 내가 그것을 어떻게 느꼈는가입니다. 오래전부터 있어 왔던 것, 누구든지 그렇게 알고 있는 것들도 세상의 평가를 건어내고 내가 느낀 대로 평가해보세요. 그런 과정을 통해 나만의 관점을 만들어보세요.

나를 가장 사랑하는 사람은
누구보다 나 자신이 되어야 해요

▶◀

많은 사람들과 얕은 관계를 맺고 있진 않나요? 내게 중요하지
않은 사람들을 위해 억지웃음을 지으며 괴로워하고 있진 않나
요? 그렇다면 자신을 충분히 사랑하지 않고 있는지 돌아보세
요. 자신에 대한 사랑이 부족한 사람은 주변의 얕고 형식적인
관계를 통해 그 사랑을 채우려고 하거든요. 그런데 그렇게 지
낼수록 더 외로워질 뿐이에요. 나 자신을 있는 그대로 받아들
이고 사랑한다면, 내가 소중히 여기는 사람들로부터 진심으로
사랑받을 수 있을 거예요.

2

MICKEY MOUSE

작은 용기와
내게 가장
솔직한 선택

마음을 열면
또 다른 세계를 만날 수 있어요

인간관계에서 더 나아가지 못하고 도돌이표를 찍는 기분
인가요? 그럴 때는 상대를 대하는 나의 마음이 어땠는지를
들여다보세요. 혹시 마음의 문을 아주 조금만 열어놓고 그
사이로 곁눈질만 한 것은 아닌가요? 나에 대한 믿음과 상
대를 향한 존중의 마음을 가지고 좀 더 마음을 열려고 노력
해보세요. 관계가 더욱 돈독해질 거예요. 마음을 열면 품고
있는 생각과 가치관도 서로 나눌 수 있는 사이가 될 거고
요. 이런 관계 속에서 또 다른 세상을 만날 수 있을 거예요.

미키 마우스,
오늘부터 멋진 인생이 시작될 거야

自由는 상황이 아닌 마음에 달려 있어요

▶◀

현실적인 문제들이 나를 갉아먹는 것 같나요?
그것만 없애면 자유를 얻고 다 좋아질 거라고
생각하나요? 하지만 그것만으로는 자유를 찾
을 수 없어요. 중요한 것은 현실에 얽매이지 않
는 나의 마음입니다. 그런 마음을 가지고 삶의
모든 일을 마주하며 나아가다 보면 비로소 진짜
자유를 찾을 수 있을 거예요.

타인에게 나의 삶을
맡기지 마세요

≫◁

어떤 길로 가든 주체적으로 행동하세요. 다른 사람의
말에 기대어 선택한 뒤 그 책임을 미루지 마세요. 그건
타인에게 내 인생을 맡기는 거나 마찬가지예요. 스스
로 생각해 행동하고 그에 대한 책임을 질 때 더 재미있
는 인생이 펼쳐질 거예요.

좀 더 성장하고 싶다면
스스로에게 더 엄격해져보세요

◄►

지금 내 모습에 만족하나요? 그저 이 정도면 나쁘지
않다고 생각하며 모른 척하고 있는 것은 아닌가요?
마음을 똑바로 들여다보세요. 만약 지금 내 모습에
만족하지 못하는 마음이 조금이라도 든다면, 스스로
에게 좀 더 엄격해져보세요.

괜찮은 사람이라고 하면 떠오르는 관념적인 이미지가 있습니다. 용기 있고, 친절하며, 진실한. 그러나 겉으로 보고 대충 흉내 낸다고 해서 알맹이가 금세 변하는 것은 아니지요. 중요한 것은 의지입니다. 지금보다 더 멋진 삶을 살고 싶다는 의지가 당신을 지금보다 더 멋진 인생으로 이끌어줄 거예요.

의지가 모든 일의 첫걸음이에요

98 × 99

순간을 소중하게 여긴다면

▰

이제 막 자신의 길을 걷기 시작한 사람에게는 목표를 구체적으로 그린다는 것이 막막하게 느껴질 수 있어요. 하지만 매 순간을 소중히 여기며 솔직하게 마주해야 해요. 나의 눈으로 세상을 처음 바라보듯 내 마음이 어떻게 반응하는지 천천히 느껴보세요. 이제 막 걷기 시작한 이 길에는 앞으로 꽃피울 씨앗들이 심어져 있을 거예요.

간혹 아무리 노력해도 어쩔 수 없는 일들이 있어요. 그런 일은 계속 고민해봤자 큰 의미가 없어요. 생각이 정처 없이 막연한 불안 속을 헤맬 뿐이죠. 그렇게 가짜 불안과 가짜 안심의 사이에서 불안한 마음만 커

어쩔 수 없는 일은
너무 오래 고민하지 말아요

지곤 하죠. 실체 없는 불안감에 방황하는 마음을 땅으로 끌어내리세요. 안되는 일로 너무 오래 고민하기보다 일단 어떻게든 부딪혀보세요. 포기하지만 않는다면 새로 시작할 기회는 얼마든지 있으니까요.

온전한 한 사람으로 설 때
관계의 깊이도 깊어져요

▰

사람들은 무심결에 좋아하는 사람이나 존경하는 사람의 의견에 무게를 둡니다. 그들이 많은 행복을 주는 사람이라면 더욱 그럴 거예요. 그저 그 사람의 말에 전적으로 동의하는 것보다 중요한 것은 그들과는 다른 독립된 한 사람으로 성장하는 거예요. 서로 성장하여 같은 높이에서 마주 설 때, 소중한 관계가 더욱 다채로워지고 깊어질 거예요.

인생이 사막처럼 삭막하고 무미건조한 것 같나요? 그렇게 말하는 사람들을 보면 종종 자신이 감내해야 할 짐뿐만 아니라 다른 사람의 짐까지 힘겹게 짊어지고 있는 경우가 많아요. 인내심이 강하고 타인을 배려하는 마음이 강한 사람일수록 다른 사람의 무거운 짐을 쉽게 받아듭니다. 그 짐이 나를 너무 지치게 한다면 이제 그만 내려놓으세요. 그리고 홀가분하게 자신만을 위한 길을 걸어가요.

나의 짐이 아닌 것은
이제 그만 내려놓으세요

미키 마우스
오늘부터 멋진 인생이 시작될 거야

오늘을 살다 보면
어디엔가 도착할 거예요

>◀

삶이란 다양한 상황, 사람과 관계를 맺으며 부딪쳐
보는 일의 반복입니다. 어떤 상황에 부딪혔을 때 다
른 사람에게 조언을 구해도 그것은 그 사람에게 정
답일 뿐이죠. 나에게도 정답이라고 확언할 수는 없어
요. 내가 걸어갈 길은 스스로 찾아보세요. 가끔은 길
을 잘못 들 수도 있어요. 하지만 길을 잃어봐야 비로
소 진실에 더 가까워질 수 있을 거예요.

상식이라는 말에 주눅들지 않아야
인생이 더 가벼워져요

><

세상에는 생각보다 참견쟁이들이 많아요. 큰 의미를 두지
않고 희망사항을 말했을 뿐인데도 '이렇게 하는 것이 맞다'
며 나를 제어하려고 하죠. 자유롭게 생각할 권리를 빼앗긴
다는 것은 인간으로서의 나를 부정하는 것과 마찬가지예
요. 타인의 가치관이나 상식이라는 말에 매여 있으면 자신
이 속박되었다는 사실조차 몰라요. 그저 마음이 답답하고
무겁다고 느끼며 이유 없는 괴로움에 시달리며 살아갈 가
능성이 큽니다. 나를 구속하는 타인의 말에 얽매이지 말고,
스스로에게 중요한 가치를 찾는 것이 인생을 좀 더 멋지게
만들어줄 거예요.

나와의 이별을 통해
새로운 나를 만나요

새로운 것을 만들어내는 일에는 언제나 어려움이
따르지요. 마찬가지로 나만의 가치관을 만드는 일
에도 큰 괴로움이 따를지 몰라요. 그러나 그 과정에
서 낡은 관념을 벗은 새로운 나를 만날 수 있어요.

미키 마우스
오늘부터 멋진 인생이 시작될 거야

감춰진 나의 진정한 모습을
찾아보세요

미켈란젤로는 말했습니다.
"나는 대리석 안에서 천사를 발견했다. 그리고 그 천사가 밖으
로 나올 때까지 계속해서 깎아냈다."
가장 이상적인 내 모습은 이미 내 안에 있습니다. 우리는 잘하
고 싶다는 강박과 정형화된 아름다움에 갇힌 스스로를 자유롭
게 해줄 필요가 있어요. 우리 모두 각자가 원하는 삶의 방식과
아름다움을 가지고 태어났으니까요.

좋아하는 것 앞에서는
솔직해져도 괜찮아요

▶◀

정말 좋아하는 일 앞에서 타인의 시선에 방해받지 마
세요. 다른 사람의 취향과 비교해보니 왠지 나의 취향
이 부끄럽게 느껴지나요? 그렇다고 해서 괜히 다른 것
을 좋아한다고 꾸며내봤자 가짜일 뿐이에요. 내가 좋
아하는 것을 소중히 여길 때 내 존재감도 더욱 또렷해
질 거예요.

스스로 옳다고 생각하는
일을 할 때는

><

스스로 옳다고 믿는 일을 하는 것은 내 마음의 양심을
따르는 일이에요. 양심을 지키는 일은 엄마가 아이를
사랑하는 모습과 같아서 그에 대한 대가를 바라지 않아
요. 그렇기에 그 모습이 더욱 아름답게 빛난답니다.

신념이 담긴 행동은
별빛과 같아요

▸◂

다른 누구의 말이 아닌 나의 신념과 의지에 따라 한 행동은
오랫동안 별빛처럼 남아 있을 거예요. 우리는 별빛이 나아가
고 있다는 것을 느낄 수 없지만, 그 빛이 어느새 눈동자에 선
명하게 새겨지는 것처럼요. 별빛에 이름을 붙이고 의미를 두
는 것처럼, 당신이 남긴 별빛도 누군가의 마음속에서 꺼지지
않고 여전히 밝게 빛날 거예요.

한 계단 한 계단 오르다 보면

인생은 더 높은 곳을 향해 한 걸음씩 나아가는 과정이에
요. 과거를 뛰어넘은 현재에도 지금 이 순간을 뛰어넘기
를 바라는 것이 사람이죠. 그것은 마치 아득히 먼 곳으로
이어지는 계단과도 같아요. 지금 발을 붙이고 있는 그 계
단도 가장 높은 곳이 아닌, 한 계단 더 높은 곳을 향해 나
아가는 과정의 일부일 거예요.

쉽게 판단하지 마세요

◄►

어떤 일이든 다른 사람의 말만 듣고 쉽게 판단하지 마세요. 옳은 말을 해주는 사람도 있지만 그저 듣기 좋은 말을 해주는 사람도 있으니까요. 그러니 때로는 다른 사람의 생각이 나의 생각을 좌우하는 것은 아닌지 의심해볼 필요가 있어요. 그것이 나를 고독하게 만들지도 모르지만, 정말 귀담아들어야 하는 말이 무엇인지, 믿을 만한 사람이 누구인지 알아보는 눈을 갖게 해줄거예요. 그리고 그 눈이 당신의 인생을 더 좋은 곳으로 인도할 테니까요.

빛나는 청춘은
마음속에 남아 있어요

빛나는 청춘도 언젠가는 그 빛을 잃지만 사라지진 않습니다. 희미하게나마 늘 우리 곁을 맴돌고 있어요. 청춘의 때에 아름다운 세상에 감탄하기도, 현실 앞에 좌절하기도 하며 품었던 열정과 생각들은 시간이 흘러도 내 안에 머뭅니다. 그걸 놓지 않는 한 우리는 청춘이라고 말할 수 있어요.

126 × 127

부정적인 마음을
이겨낼 작은 용기를 내보세요

▰

타인에게 휘둘리지 않고 나 자신으로 살아가려면 끝까지 싸워
이겨내겠다는 마음이 필요해요. 살다 보면 좌절을 느낄 때도, 사
람에게서 도망가고 싶어지는 순간도 있고, 때로는 타인에 대한
질투심으로 괴로워지기도 합니다. 하지만 그런 감정을 부끄럽게
생각할 필요는 없어요. 그럼에도 불구하고 한 발 더 나아가기만
하면 되니까요. 지금 자신의 감정과 위치를 받아들이고 멋진 인
생을 위한 디딤돌로 쓰면 돼요. 행복을 향해 걸어가는 과정에는
늘 시련이 있어요. 마음이 무척 괴롭겠죠. 그럴 때 포기하고 싶
은 마음과 싸우며 조금씩 앞으로 걸어 나갈 용기를 내보세요.

작지만 행복하게 웃을 수 있는
시간을 소중히 여겨요

어떤 사람들은 큰 포부나 꿈 말고 사적이고 작은 것들이 큰 의미가 없다고 생각합니다. 음식이나 음악, 소소한 수집품과 작은 행복에 관한 이야기 같은 것들이죠. 아무것도 하지 않으면 불안해서 항상 필사적으로 살아가려는 사람에게는 어쩌면 이렇게 느긋하게 즐기듯 보내는 시간의 의미가 와닿지 않을 수도 있겠지요.

늘 긴장한 상태로 살아가는 것이 좋은 것만은 아니에요. 가끔은 내가 나에게 솔직해질 수 있는 편안한 시간들을 소중히 가지고, 그 시간을 소중히 여기세요.

결정적 순간에는
나 자신을 믿으세요

사람과 사람, 상황과 감정이 복잡하게 얽힌 삶 속에서 허우적거
리다 보면 문득 모든 게 허무하고 빛바랜 듯 보이는 날이 있습니
다. 모든 것이 혼란스럽고 부질없게 느껴져 모두 내려놓고 싶어
지죠. 그런 때는 잠시 나를 둘러싼 모든 상황과 감정을 과감하게
걷어내고 마음에 귀를 기울여보세요. 내 마음의 말을 믿고 과감
하게 자신의 가치관을 밀고 나간다면 눈앞을 가로막고 있던 회
색 장막이 거두어지고 새로운 세상이 보일 거예요.

솔직한 삶의 태도가
사랑스러워요

✕

나를 드러내지 않고 세상의 가치관에 나를 맞추는 것
이 좋다고 말하는 사람이 있습니다. 하지만 그런 생
각도 내면의 목소리까지 지울 수는 없을 거예요. 자
기 안에 있는 욕구를 따르는 것을 부끄럽게 생각할
필요는 없어요. 자신의 마음을 속이지 않고 솔직하게
표현할 줄 아는 사람은 순수하고 생기 넘쳐 보여요.
그 순수함이 당신의 내면을 아름답게 만들 테니까요.

진짜 공부는
삶을 통해 나타나는 거예요

▶◀

자신을 그럴듯한 말로 포장하기 위해 지식을 쌓지 마세요. 겉으로는 아는 것처럼 보여도 사실은 모르는 거나 마찬가지예요. 위대한 지식을 남긴 사람들은 자신의 인생과 똑바로 마주하며 적극적으로 인생을 살아간 이들입니다. 그들의 삶이 전하는 지혜들을 마음에 새기고자 한다면 먼저 적극적이고 생기 있는 태도로 인생을 마주해야 해요. 그제서야 비로소 그들의 말을 진정으로 이해할 수 있게 될 거예요.

136 × 137

한 번의 행복을
가슴 깊이 새겨두세요

하나의 슬픔이 지나가도, 또 다른 슬픔이 옵니다. 살다 보면 마음이 무너지고 눈물이 멈추지 않을 만큼 괴로운 순간도 찾아올 거예요. 하지만 그때 너무 절망하지 마세요. 지금껏 찾아왔던 슬픔만큼의 행운과 행복 또한 찾아올 테니까요. 그러니 지나간 슬픔은 흘려보내고 행복이 찾아왔을 때 그 순간을 가슴 깊숙이 붙잡아두세요.

습관적인 불평이
나의 눈을 가려요

◄►

일이 잘 되지 않으면 습관적으로 남을 탓하는 사람들이 있어요. 누구에게든 불평을 늘어놓으며 일단 자신의 슬픔과 분노를 가라앉히려는 거죠. 반면 자기 자신을 지나치게 책망하며 궁지로 몰아넣는 사람도 있지요. 남에게든, 스스로에게든 그렇게 불평불만만 하는 사람들은 자신이 내뱉은 불만들이 시야를 가려서 주변에 심어져 있는 행복의 가능성을 발견하지 못해요. 그런 자신을 바꿀 수 있는 사람도 결국 자신뿐입니다. 그러니 어떤 일이든지 최선을 다하고 스스로 책임지며, 자신감을 갖고 살아가세요. 그 가운데 긍정적으로 변화하는 나를 만날 수 있을 거예요.

웃음이 인생을
아름답게 해줘요

▰

모든 것을 받아들일 것 같은 하늘도 언제나 맑고 푸르기
만 한 것은 아니에요. 구름에 가려 흐린 날도 있고, 빗방울
이 떨어질 때도 있어요. 매일 달라지는 하늘처럼 삶도 늘
즐겁지만은 않아요. 때론 실연을 당하고, 일을 실패하거나
사람들과 갈등을 빚기도 합니다. 그런 먹구름 속에 있을
때는 누군가가 귓가에 '내 인생은 늘 그랬듯 불행했어'라
고 속삭이는 것처럼 느껴질 거예요. 그럴 때는 살면서 즐
거웠던 경험을 떠올리며 가볍게 웃어보세요. 슬픔보다 깊
은 곳에 있는 기쁨이 우리를 행복하게 해줄 거예요.

산다는 것은 내가 누구인지
알아가는 과정이에요

우연이나 운명의 장난에 휘둘린다고 느낄 때가 있어요. 그러나 그런 운명에 맞설 방법이 없다며 미리 포기할 필요는 없습니다. 그건 '나는 누구인가'를 알아가는 과정이니까요. 그러니 앞으로 일어날 일을 두려워하지 말고 진지하게 마주하세요. 이번에 잘 되지 않더라도 그것은 수많은 과정 중 하나일 뿐입니다.

있는 그대로를 마주할 용기가

나의 마음을 구해줄 거예요

◄►

여러 번 도전했지만 자꾸 실패한다면 불가능한 일이라고 좌절
하기 쉬워요. 그럴 땐 실패를 깨끗이 인정하고 그럼에도 불구
하고 계속 도전하겠다는 용기를 가져보세요. 그런 마음이라면
앞으로 어떤 시련이 와도 넘어지지 않을 거예요.

사랑하는 사람과 떨어져 있으면 불안과 외로움을 느끼는 사람
이 있어요. 개인적인 영역을 인정하지 않고 사랑이라는 이유로
강요하기만 하는 것은 불완전한 사랑의 모습이에요. 사랑한다
면 상대방을 있는 그대로 받아들이고 존중해주세요. 그게 바로
진정한 사랑의 모습이에요.

상대를 있는 그대로
인정해주세요

3

Mickey Mouse

멋진 인생은
지금부터
시작이야

억지로 좋은 사람이
되지 않아도 괜찮아요

보통 어떤 상황이든 긍정적으로 받아들이는 사람을 좋은 사람이라고 이야기합니다. 그렇다고 해서 꼭 그런 사람이 될 필요는 없어요. 억지로 자신의 생각을 왜곡하거나 감정을 속이는 것보다는 부정적인 생각이라도 그대로 인정하고 표현하는 것이 나아요. 이해하기 힘든 일에는 타협하지 않아도 괜찮아요. 그런 자세가 더 새롭고 좋은 것들을 만드니까요.

당신은 그 자체로
의미 있는 존재예요

▰

동물이 귀엽고 사람에게 도움이 된다는 이유로 존재
하는 것은 아니에요. 동물이 그 자체로 가치가 있듯,
세상의 모든 대상을 두고 어떤 목적에 부합하는지 아
닌지를 생각하지 마세요. 세상의 모든 존재는 어떤
가치관에도 얽매이지 않는, 그 자체로 가치 있는 존
재니까요.

세상은 우리의 생각보다
더 크고 넓어요

＞◀

세상은 생각보다 크고 복잡해요. 하늘의 태양이 지상
을 골고루 비추는 것처럼 보이지만, 그 빛이 닿지 않
는 곳도 많아요. 우리가 합리적으로 판단할 수 있는
일들은 극히 일부라는 뜻이죠. 말로 표현할 수 없는
것들도 많아요. '보편적 상식'이라는 말로 세상의 일
을 쉽게 규정할 수 없는 이유에요.

상황에 휘둘리지 말고
나만의 선택을 해봐요

▶◀

세상에는 우연히 벌어지는 일도 많고, 그중에는 상식
적으로 이해되지 않는 일도 많습니다. 하지만 매번
거기에 휘둘려서는 나의 시간과 에너지만 소비하게
되어버리죠. 더 이상 그런 상황에 휘둘리지 마세요.
우연이든, 비합리적인 일이든 지금의 상황을 그대로
받아들이고, 그 안에서 나의 의지를 투영할 수 있는
부분들을 찾아보세요. 스스로 행동할 의지를 가지고
선택하는 인생이야말로 의미 있으니까요.

원하는 것이 있다면
말로 표현하세요

▶◀

주어진 일만 해도 보상은 받을 수 있어요 상대의 말을 그대로 따르기만 하는 수동적인 태도로 산다고 해도 당장은 문제가 될 것이 없다는 뜻이지요. 하지만 내 생각과 의지가 사라진 상황 속에서는 나를 잃어버리게 됩니다. 수동적인 태도에서 벗어나 원하는 것을 표현하며 사세요. 자신이 무엇을 원하는지 정확히 알고 상대에게 이야기해보세요. 그렇게 한다면 오늘이 달라질 거예요.

끝까지 해보겠다는 마음으로
시작해봐요

►◄

스스로 높은 목표를 세우고 노력한다는 것은 대단한
일이에요. 하지만 벽에 부딪히면 금방 포기할 어중한
간 마음이라면 차라리 아무것도 하지 않는 것이 더
나을지도 모른답니다. 나의 시간과 노력, 열정을 담
은 도전을 할 때는 결과가 어떻든 끝까지 해내겠다는
강한 의지를 가지고 시작해보세요. 분명 좋은 날이
시작될 거예요.

나에게 조금 더 집중해보세요

◄►

진정한 사랑이란 대가를 바라지 않고 상대의 성장과 행
복을 바라는 것입니다. 바꿔 말하면 자기 자신을 사랑한
다는 것은 자신이 성장하는 데 집중하고, 무엇보다 자신
의 행복을 중요하게 생각한다는 뜻입니다. 자신을 사랑
하지 못한다면 누구도 사랑하기 어렵죠. 지금 이 순간
먼저 나부터 사랑하세요.

지금의 행운을 충분히 누리세요

좋은 일이 생겼을 때 기쁨을 만끽하기보다는 곧 불행한 일이 일어날지 모른다며 걱정하는 사람들이 있습니다. 자신에게 주어진 행운을 다 써버렸다고 말이죠. 행운은 정해진 양이 있는 게 아니라 삶의 다양한 일들 중에 하나일 뿐입니다. 그러니 염려하지 마세요. 다시 찾아올 행운을 기다리며 지금의 행운을 충분히 누리세요.

타인의 시선에
흔들리지 마세요

살다 보면 상식적으로는 이해되지 않는 일을 자주 마주합니다. 화려한 겉모습에 현혹되었는데 정작 알맹이는 볼품없어 실망할 때도 있고, 외면이 초라하다고 내면까지 그럴 것이라고 오해받을 때도 있죠. 내가 잘했든 못했든 타인의 시선에 흔들리지 않는 나 자신이 되세요. 그리고 스스로를 마주하는 시간을 소중히 여기세요.

나에게 솔직해지는 것이
시작이에요

▰◁

보통 나를 가장 잘 아는 것은 자기 자신이라고 생각
하지만, 사실 그것은 생각보다 어려운 일입니다. 우
리는 때로 다른 사람의 말에 휘둘리기도, 스스로에게
거짓말을 하기도 하기 때문에 진짜 내 모습은 어쩌
면 더 깊은 곳에 숨겨져 있을지도 몰라요. 그렇게 깊
숙이 가려져 있는 진정한 내 모습을 발견한다면 삶은
분명 더 즐거워질 거예요.

어제의 선택이
오늘의 나를 만들어요

살다 보면 꼭 잡고 싶은 기회가 찾아올 때가 있어요.
놓치면 괴로워집니다. 그러나 인생의 모든 슬픔과 기
쁨이 그렇듯, 인생의 기회도 다시 돌아오기 마련이에
요. 그러니 '내가 그때 그런 선택을 하지 않았더라면'
하고 자책하는 대신 '그 선택을 했기에 지금의 내가
있는 거야'라고 생각해보세요. 그리고 다시 기회의
순간이 찾아오면 좀 더 적극적으로 행동하면 됩니다.

나에 대한 믿음이
나를 단단하게 해줘요

◤◢

혹시 자신의 상식만이 정답이라고 믿고 있나요? 고정관념에
물들어 남이 뭐라고 하든 듣지 못하는 건 아닌가요? 하지만
아직 해본 적 없는 일에 도전하려면 남의 말이 아닌 자신을
굳게 믿고 사랑해야 해요. 바뀌지 않는 상식에 얽매이지 말
고 나의 목소리에 귀 기울이며 무엇이 나의 가치를 높일 수
있는지를 곰곰이 생각해보세요. 지금보다 더 자유롭고 견고
해진 나를 느낄 수 있을 거예요.

남들과 다른 선택이
남들과 다른 길을 만들어요

◄►

사람들이 옳다고 여기는 것과 내가 생각하는 것이 달라도
신경 쓸 필요 없어요. 오히려 새로운 길이 생겼다는 것에
기뻐할 일이죠. 우리가 알고 있는 모든 지식은 일반적인
생각과 관습에 반하는 것으로부터 시작되었으니까요.

변하지 않는 진실은 세상의 모든 것은 변한다는 것뿐이에요

세상의 모든 일은 계기만 있으면 움직이기 시작해요. 절대 움직일 리 없다고 생각했던 커다란 바위도 변화의 소용돌이에 휘말리면 예상치 못한 곳으로 떠밀려 가기도 합니다. 그러니 오래된 가치관에 얽매이지 말고 좀 더 자유롭게 일상의 변화를 불러오세요.

당연하다고 생각하는 일도
의문을 품어보세요

⋈

많은 사람들이 옳다고 믿고 있지만, 그것이 옳은지
아닌지 증명하기 힘든 것들이 있어요. 잘 알아보면
그런 상식들 중에는 진실이 아닌 것들도 있을 거예
요. 낡은 프레임에서 벗어나 좀 더 유연한 시선으로
세상을 바라보세요. 보이지 않던 많은 것들이 보일
거예요.

내가 빛날 수 있는 선택을 하세요

►◄

내 운명을 바꿀 수 있는 사람은 나뿐이에요. 용기가 나지 않는다고 도망치거나 타협하려고 한다면 그 무엇도 얻기 어렵습니다. '안되면 그만두자', '불리해지면 내 의견은 접자'라는 마음으로 언제든지 취소 버튼을 누를 준비를 하지 마세요. 지금은 희미해 보여도 우리는 모두 저마다의 빛을 품고 있어요. 내가 빛을 발할 수 있는 계기가 무엇인지 찾아보세요. 무엇인가를 해보겠다는 생각만으로도 인생의 선택지는 무한해진답니다.

위기는 분명 성장의 기회가
될 거예요

▶◀

살아가면서 숱한 위기를 마주하게 될 거예요. 그럴
때마다 당황한 모습으로 허둥거리다 보면 상황에 끌
려가고 말아요. 그런 때에는 이 위기를 이겨내면 반
드시 얻을 수 있는 것이 있다고 생각해보세요. 그리
고 위기를 성장의 기회로 삼으세요. 그러면 마음도
훨씬 더 가볍고 차분해질 거예요.

나의 부족함을
기꺼이 받아들여요

다른 사람 앞에서 자신의 실력을 과장하는 사람들이 있습니다.
중요한 일을 맡고 싶고, 큰 명성을 얻고 싶어서 나 자신을 화려
하게 치장하기 바쁘죠. 겉모습은 번지르르해 보이지만 속은 빈
껍데기일 뿐인데 말이에요. 그런 거짓말은 언젠가 나에게 돌아
옵니다. 지금은 조금 부족하게 느껴지더라도 내 실력과 능력을
있는 그대로 인정하고 바라보세요. 그런 후에야 비로소 다른
사람에게도 인정받을 수 있을 거예요.

미키 마우스
오늘부터 멋진 인생이 시작될 거야

거짓말이 아니라고 해서
꼭 진실인 것은 아니에요

거짓말쟁이가 아니라고 해서 믿을 만한 사람이라고 단
정 지을 수는 없어요. 세상과 똑바로 마주하지 않는 이
들의 말도 거짓이기 때문이에요. 세상을 삐딱한 시선
으로 보는 사람과 세상에 애정을 가지고 진실되게 바
라보는 사람을 구분할 수 있어야 해요. 일단은 나부터
세상을 정면으로 마주하려는 태도를 가지세요.

내 손으로 얻은 행복이
의미 있어요

〉━●━〈

행복의 문을 여는 열쇠는 나에게 있어요. 다른 사람에게 기대거나 편한 길로 가고자 하면 그 열쇠를 손에 넣기 어렵습니다. 노력하지 않아도 순조롭게 흘러가는 인생도 물론 있지만, 그것이 진짜 행복을 느끼게 해주진 못합니다. 나의 행복은 내 힘으로만 붙잡을 수 있어요.

한 번만 더 자신을 믿어보세요

할 수 있는 최선을 다했는데도 결과가 좋지 않았나
요. 이 정도는 할 수 있을 거라고 생각했지만 예상의
절반도 해내지 못해 기운이 빠졌나요? 그렇다고 자
신을 탓하지는 마세요. 더 나아갈 수 있는 힘은 내 안
에 있어요. 한 번만 더 자신을 믿고 도전해보세요.

TULIP
BULBS

LIGHT
BULBS

40
WATT

60
WATT

인생이 재미없다고 생각하면
정말 재미 없어져요

►◄

세상의 모든 불행을 떠안은 얼굴로 불평만 늘어놓는 사람이
있습니다. 하지만 그 사람이 정말 운이 나빠서 불평할 만한 일
들만 겪었던 걸까요? 어쩌면 그에게도 자신도 모르게 웃음 지
었던 즐거운 순간들이 셀 수 없이 많았을 거예요. 다만 깨닫지
못했을 뿐이죠. 요즘 얼굴을 찌푸리는 일이 많아졌다면, 즐거
운 일을 떠올려보세요. 생각했던 것보다 세상에 즐겁고 재미
있는 일들이 많을 거예요.

다른 사람을 위한
여유를 마음에 만들어두세요

▸◂

고민에 빠진 친구에게 안식처가 되어주세요. 어
렵게 생각하지 말고 그저 친구가 기운을 차릴 때
까지 잠시 쉬게 해주면 어떨까요? 예민해진 친구
가 내 마음을 불쾌하게 할 수도 있겠죠. 그럴 때
는 이렇게 말해보세요.
"네가 나에게 한 일은 이해해줄게. 하지만 네가
한 일을 어떻게 받아들일지는 너에게 달려 있어."

항상 최고 속도로
달릴 수는 없어요

▶◀

요즘은 빠르고 효율적인 것들을 좋아하는 사람들이 많죠. 일
할 때도 불필요한 시간은 줄이고, 사람들의 시간을 잘 관리
하는 방법이 주목받고요. 하지만 주변 상황을 고려하지 않고
일직선으로 전진하기만 하면 금방 지쳐버릴 거예요. 때로는
효율이라는 굴레를 벗어나 마음의 여유를 가져보세요. 가뿐
한 마음 덕분에 오히려 일의 능률이 오를 수 있어요. 지금 나
에게 필요한 것이 무엇인지 한 번 더 생각해보세요.

무엇에도 흔들리지 않을
믿음이 필요해요

내가 걸어온 길을 돌아보세요. 망설임 없이 그 길이 옳았다고 말할 수 있다면 앞으로도 어떤 시련이 와도 결코 흔들리지 않을 수 있을 거예요. 앞이 보이지 않고 모두가 불가능하다고 말하는 상황에서도 휘둘리지 않을 굳은 신념이 있는 거니까요. 자신을 믿고 그 누구의 길도 아닌, 자신만의 길을 걸어나가세요. 이런 결심이 당신의 믿음을 단단하게 할 거예요.

완벽한 불행이란
존재하지 않아요

최악의 상황이라도 언제나 희망의 불씨는 남아 있어
요. 전혀 나아질 기미가 없는 완벽한 불행은 없기 때
문이죠. 또한 불행을 이겨내는 과정에서 새로운 길을
발견할 수도 있어요. 그러나 우울감에 빠져 울고만
있으면 아무것도 시작할 수 없어요. 툭툭 털고 일어
나 한 걸음 내디뎌보면 희망의 빛이 보일 거예요.

자신의 가능성은
스스로 생각하고 있는
것보다 커요

내가 가진 가능성은 무한해요. 지금 당장은 아무것도
할 수 없는 것처럼 느껴질 수 있지만 지금의 나로 안
주하지 않고 노력한다면 내가 가진 능력을 발휘할 순
간이 곧 올 거예요. 그 순간 느낀 기쁨은 새로운 일을
위한 디딤돌이 된답니다.

206 × 207

실패도 성공도
내 인생의 한 페이지예요

◄►

스스로의 결정과 행동이 낳은 모든 것들을 바람에 맞춰 춤을 추듯 자연스럽게 받아들이며 살아가요. 실패도, 성공도 내 인생을 장식하는 한 페이지라 생각하며 삶을 즐기세요. 이런 삶의 자세는 소극적인 사람은 적극적으로, 두려움에 머뭇거리는 사람에게는 기쁨으로 살아갈 수 있는 용기를 준답니다.

갖고 싶은 것이 있다면
직접 행동하세요

손에 넣고 싶은 것이나 하고 싶은 일이 있다면 작은 계
획이라도 행동으로 옮겨보세요. 돈과 시간이 없어서, 사
정이 여의치 않아서라며 변명하고 있진 않나요? 한 발
자국도 움직이지 않는 사람에게 기회는 알아서 찾아오
지 않아요. 먼저 목표에 닿기 위한 구체적인 계획을 세
워보세요. 필요하면 시행착오를 직접 겪으며 공부하는
방법도 있겠지요. 그 경험이 당신이 꿈꾸는 미래의 문
을 여는 열쇠가 될 거예요.

미키 마우스 _____
오늘부터 멋진 인생이 시작될 거야

따뜻한 마음과
단단한 삶의 태도

><

언제나 어제의 자신을 뛰어넘으며 사는 사람은
자신감 있게 살아갈 수 있어요. 그런 사람들은
삶의 태도가 견고하고 강인합니다. 그러나 이미
강인함을 얻은 사람이라면, 이제 힘을 빼고 따뜻
한 시선으로 주변을 둘러보세요. 강한 사람의 부
드러운 태도는 사람의 마음을 움직입니다. 진정
한 아름다움이란 그런 것이니까요.

월트 디즈니는 놀라운 상상력과 활력을 가진 최고의 기획자이자 제작자였습니다. 수많은 난관에 부딪히면서도 결코 의심하지 않고 끊임없이 도전했죠. 그런 디즈니의 내면에는 자기 자신에 대한 강한 믿음이 있었습니다. 그랬기에 수많은 위기 속에서도 자신의 이상을 포기하지 않고 더 높은 목표를 향해 조금씩 다가갈 수 있었던거죠. 그리고 그 결과로 우리가 익히 알고 있는 디즈니의 영화들과 디즈니랜드라는 꿈의 세계를 남겼습니다.

서양의 철학자인 니체 역시 우리는 높은 목표를 바라봐야 하며 실패하더라도 그것을 지향한 행위만으로도 훌륭하다고 이야기합니다. 책 속의 월트 디즈니와 니체가 보여주는 자신에 대한 강한 믿음과 애정을 토대로 한 삶의 자세는 선택의 기로의 서 있는 우리들에게 용기와 활력을 불어넣어 줄 거예요. 월트 디즈니는 이렇게 말합니다.

"웃음은 시간을 초월하고, 상상력은 나이가 없다.
그리고 꿈은 영원하다."

그의 말처럼 실제로 그가 남긴 디즈니의 영화를 보고 자란 전 세계 어린이들의 마음속에는 디즈니가 선물했던 웃음과 상상력 그리고 꿈에 대한 기억이 남아 있습니다. 떠올리면 뭉클한 추억이라는 이름의 기억으로 말입니다. 디즈니의 영화와 캐릭터들이 오랜 시간 사랑받는 것은 그런 이유일 것입니다.

이 책은 쓰여진 내용 그대로 받아들이기보다 나의 마음을 통해 읽어 보세요. 정말 이 말이 옳은지, 그 말이 나에게 어떻게 다가오는지를 생각해보세요. 월트 디즈니의 뛰어난 창조력 역시 어떤 것에도 얽매이지 않는 자유로운 발상과 얽매이지 않는 사고에서 나왔다는 것을 잊지 말고요.

스스로 생각하는 힘이 있는 사람은 어떤 난제에 부딪혀도 자신감을 가지고 자신의 길로 나아갑니다. 그렇게 한 걸음씩 걷다보면 어제와 다른 오늘이 오늘과 다른 내일이 펼쳐질 겁니다. 지금 당신의 선택으로 멋진 인생이 시작될 거예요.

자신을 웃게 하는 것은

자신을 사랑하는 거야

옮긴이 정은희

고려대학교에서 영어영문학과를 졸업 후 일본어의 매력에 빠져 일본어로 된 책을 읽으며 번역가의 꿈을 키웠다. 이후 글밥아카데미 번역자 과정을 수료했으며, 현재 바른번역에서 전문 번역가로 활동 중이다. 옮긴 책으로는 《곰돌이 푸, 행복한 일은 매일 있어》, 《곰돌이 푸, 서두르지 않아도 괜찮아》, 《앨리스, 너만의 길을 그려봐》 등이 있다.

미키 마우스,
오늘부터 멋진 인생이 시작될 거야

1판 1쇄 발행 2018년 9월 7일
1판 7쇄 발행 2024년 2월 1일

원작 미키 마우스 **옮긴이** 정은희

발행인 양원석
펴낸 곳 ㈜알에이치코리아
주소 서울시 금천구 가산디지털2로 53, 20층 (가산동, 한라시그마밸리)
편집문의 02-6443-8842 **도서문의** 02-6443-8800
홈페이지 http://rhk.co.kr **등록** 2004년 1월 15일 제2-3726호

ISBN 978-89-255-6464-7 (03800)